이신현 시집

그 강

2015
신세림출판사

그 강

이신현 시집

시인의 말

　내 나름대로 한 편의 시를 쓴다는 일은 참으로 기쁜 일이다. 시에 대한 공부를 많이 하신 분들이 볼 때엔 어른이 아이를 보는 것 같을지라도 시를 쓰는 일은 즐거운 일이다. 왜냐하면 시는 영혼의 노래일 수 있기 때문이다. 인생을 살아보니 이 지상에 와서 내 영혼의 노래를 부를 수 있다는 것은 쉬운 일이 아니었다. 이것은 위로부터 내려온 큰 은총이라고 늘 생각하고 있다.

　내가 쓴 시를 남에게 보인다는 것은 참으로 용기 있는 일이라고 생각한다. 사람들은 다 생각이 다르고, 이 시대처럼 말이 많은 시대엔 한 권의 시집을 내는 일엔 담대함이 요구된다고 생각한다. 그러나 나는 아주 편안하고 감사한 마음으로 이 시집을 출간하기로 했다. 나는 나의 연약함을 알고, 내가 있어야 할 자리도 안다. 그리고 난 지금도 계속 시를 공부하고 있다.

평소에 존경하던 이시환 시인이 이 시집 출간을 위하여 용기를 주고 기회를 준 점에 대하여는 평생 그 은혜를 잊지 못할 것이다. 그는 함께 공부할 때부터 이미 앞서 걸어가는 시인이었다. 기대에 부응하기는커녕 여전히 부끄러운 모습인데도 이런 좋은 기회를 주었으니 그 은혜가 너무 고맙다.

　그저 간절히 기도하는 한 마음은, 단 한 편의 시라도, 꼭 필요한 이들에게 한 모금의 생수가 되었으면 하는 마음이다. 내 인생에 있어서 참으로 보람된 열매를 하나 따지 않았나 하는 생각이 들어서 이 기쁨이 너무 크고 감사하다.

차례

통일의 새

차례

2 그강

차례

3 짧은 환상

1부 / 통일의 새

통일의 새

나 어느 날 밤에 통일의 새를 보았다
원앙처럼 생겼지만 눈망울이 훨씬 컸다
초롱하게 빛나는 두 개의 둥글고 큰 눈
통일의 새는 크고 검은 눈을 가지고 있었다
누군가가 나무로 깎은 듯
작은 거북선처럼 균형이 잡혀 있고
메추라기 색깔의 등어리는 보드라웠다
지금은 잠시 앞을 보며 앉아 있었지만
선명한 두 눈은 큰 뜻과 목표로 반짝거렸다
날아오르는 순간 우리는 세상을 보리라
저 푸른 대양과 노오픈 하늘을 가리라

평양을 다녀와서

나 어느 날 평양에 갔었노라
아무도 몰래 불병거를 타고
우리의 땅 평양에 갔었노라
거기서 봄의 새싹들처럼 힘차게 솟아오르는
이 백성의 꿈과 희망을 보았노라
겨울 나무들이 우우- 소리를 지르며
저들의 소망을 모아 하늘로 날려보내는
끝없는 갈망의 편지들을 보았노라
머얼리서 들려오는 해맑은 눈물의 노래들이
흐르는 대동강을 따라 구성진 선율을 이루고
잔치를 준비하는 아낙네들의 조심스러운 미소들을
고요한 평양의 마을에서 보았노라
나는 조심스럽게 불병거에서 내렸고
성스러운 노래 한 곡 불렀노라

꿈 이야기

인생은 꿈이 있어서 아름답다
인생은 꿈이 있어서 더욱 실감나고
꿈이 있어서 활기에 넘친다
우리의 간절한 꿈
상당히 많은 세월에 빛이 바랜 환상
나뉘어진 아픔에 그리움은 쌓이고
눈이 녹으면 다시 세월은 가고
진달래꽃들은 다시
속절 없이 피어나고
천지연 그 맑은 못의 고기 한 마리
양 손 안에 물과 함께 담아 놓고
내 꿈 이야기해 주리라

우리의 사랑

우리의 사랑이
그 위대한 일을 이루리라
둘이 하나가 되는 역사
두 개의 길고 긴 강이
하나로 만나는 놀라운 화합
우리의 사랑이
정녕 그 일을 성취하리라
캄캄한 밤이 온다고
우리의 사랑을 의심하지 말아라
밤의 사랑은 더 뜨겁고
이제 새로운 생명이 탄생하리라

허무한 것들

인생은 사라지는 것이라고
허무한 것이라고 말하지 말라
이 지상에서는
참으로 흔적 없이 사라지는 것이란
아무 것도 없다
사라지는 것은 인간이 만든 허망한 것들
마음을 나누고 영혼을 헝클고
그렇게 인생을 속이는 것들만이
사라지는 것이다
이 땅에서 허무하게 사라지는
그것들을 우리 모두 보게 되리라

통일이여

통일이여
나는 네가 고운 신부처럼 올 것임을
틀림없이 믿고 있다
창조주는 때를 접하고
우리의 인생을 다스림을
나는 알고 있다
통일이여
나는 네가 가을날의 열매처럼
그렇게 올 것임을 믿고 있다
따스한 가을볕에 반짝이는
탐스러운 그 열매들처럼
통일이여
네가 우리에게 올 것임을
나는 확실히 알고 있다

압록강의 흰 나신

너무 차가와 얼지도 못한
압록강 차가운 물에
벌거벗은 아가씨의 흰 나신이 떠다닌다
누가 옷을 벗겼을까
누가 피가 흐르지 않는 총탄으로
그녀를 쏘았을까
세상이 꽁꽁 언 이 엄동의 설한에
우리의 추운 나신들은
한강에도 낙동강에도 저 섬진강에도
저 백마강과 영산강에도 떠돈다
강물만큼이나 많이도 흘린 우리의 눈물들
봄이 와 깨어지고 녹아버린
두만강의 얼음만큼이나 서러운 우리의 영혼들
이제는 더 이상 무너질 것도 없어
삼팔선의 철조망만 바라본다
하나 남은 저 벽 넘어질 때
떠다니는 나신들 흰 치마 저고리 입고
우리 함께 이 강산 거니리라

바늘

너무 괴로워 너무 괴로워
교화소에서 바늘을 삼켰다
1초라도 빨리 죽고 싶었는데
바늘은 나를 찌르다 지쳐
똥으로 나와버렸다
나중에 바늘이 80개도 더 보태진
죽이는 못을 알게 되었다
바늘을 모아 머리통을 콱콱 쑤시는
가시관도 알게 되었다
하늘과 땅을 잇는 피를 마시고
내 마음은 하나가 되었다
평안이 찾아왔다

핵

복숭아 하나 따서 어걱어걱 먹고
꽝꽝한 씨 돌멩이로 부수어
핵을 꺼냈다
백성들을 기름으로 짜서
핵핵 거리게 하는 그 핵을
야금야금 씹어 먹었다
어찌나 쓴지 켁켁 거리다가
우웩-하고 토해버렸다
갑자기 쾅 소리가 나고
씨나락 까먹는 소리 쪼아대던 입들
멀리 날아가 버렸다

우리의 생명들아

하염없이 바라보는 철조망 위로
흰꼬리수리 한 마리 날아오른다
그 소리에 놀라
산양이 뛰어가는 소리
사양노루 달려가는 소리 들려온다
산양 삵 붉은머리오목눈이 콩새 쑥새 저어새
슬금슬금 주위를 살피는 모습
내 마음의 눈으로 다 보인다
너구리 다람쥐야
너희들은 쇠기러기 울면 움직일 거냐
반달가슴곰 나와야 뛰어갈 거냐
우리의 생명들아
이제 조금만 기다리거라
나도 너희들 곁으로 달려가리니

어버이의 언어를 생각하며

평안도 사투리로 나를 훈계하시던
아버지 어머니 모두
하늘나라로 가셨다
착하지 못하고 오기만 칭칭했던 나
이제 어른이 되어 조금 철이 들었다
아버지와 어머니의 언어를 생각하면서
두 분이 잃어버린 하늘과 땅과
그 산천과 공기들을 생각하였다
문득 진리라도 깨우친 듯
두 줄기의 더운 눈물이
볼을 타고 내린다

마음을 닦아라

아무도 아무도 마음을 높이지 말아라
태산이 높다 하여도
하늘 아래 있지 않으냐
바다가 넓다 하여도
어디 하늘을 피할 수 있겠느냐
레닌의 동상이 쓰러지던 날
예배당 위에 세워진 두 동상도
무참하게 넘어지지 않겠느냐
아무도 아무도 마음을 높이지 말아라
돈으로 쌓아올린 것들은
동상보다 더더욱 부실하여
그것을 믿는 자들의 가슴을 찢느니라
도도히 흐르는 역사의 강물 앞에서
그 강물로 얼굴을 닦고 마음도 닦아라

행복을 위하여

아무도 미워하지 말아라
똑같이 나누어 먹자 하더니
너만 뚱뚱한 돼지가 되었다고
미워하지 말아라

참으로 용서하는 사람이 되어라
너그러운 백성들이 되어라
너의 허물을 먼저 보아라

짐승의 똥으로 더러웠던 거리마다
가뭄으로 타들던 마른 산야마다
누가 빗자루를 주었느냐
물과 숲을 주었느냐

누가 동방의 밝은 별이라
너희를 칭송했느냐

아무도 미워하지 말아라
그 누구도 흉보지 말아라
네 몸에서 기름기를 제하거라

우리의 영원한 행복을 위하여

통일이라고 말했지

우리의 소원은 통일이라고
하늘을 향하여 말했고
해와 달과 별에도 말했지

흐르는 강물에 꽃을 던지며
파아란 봄들녘에 손을 흔들며
우리의 소원은 통일이라고 말했지

아득히 먼 옛날의 바람 소리를 듣듯
철썩거리는 바다의 파도 소리를 듣듯
우리들은 통일을 이야기하였지

세월은 흐르고 또 흐르리
그대여, 우리의 소원이 어디 통일뿐일까
나는 어느새 그 다음의 역사에 눈물 흘린다

함께 살면서 싸우지 말아라
하나된 땅에서 은혜를 잊지 말아라
우리는 이미 많은 것을 배웠다

그대여, 우리의 소원은 통일이라고
참으로 많이 노래했었지

감사하여라

북쪽에는 비가 내리지 않는 여름
남쪽에는 이리도 많은 비가 내릴까
북쪽에는 흉년이 오는데
남쪽에는 매년 풍년이 든다
왜 이럴까 왜 이럴까
알고 있는 답 묻고 또 물어
서로의 마음 아프게 말아라
감사의 마음 없는 그대 가슴
여전히 가뭄으로 타들고
오늘도 추수한 들판 허망히 거닌다
사랑하는 우리의 형제들을 위하여
감사하여라
참으로 감사하여라

중국에서 온 소년

나는 중국에서 온 소년입니다
엄마는 황해도 출신이고요
아빠는 흑룡강변 사람이래요
아빠는 한국 말을 잘 해도
중국 사람이어요
그래서 나는 중국에서 온 소년이에요
말이 세 개고
밥 맛도 세 개이지요
그러다 보니 친구는 없어요
엄마는 이 곳이 내 땅이라는데
나는 한 평의 땅도 없어요
나는 중국에서 온 소년입니다

형제여

형제여 나는 그 마음을 이해한다
장총 들고 강 건너가
먹어보지 못한 음식 마구 빼앗아 먹고
걸리적거리는 사람들 마구 쏘아버린
형제여 나는 이해한다

총구를 어디로 겨누든
방아쇠를 마음대로 당기든
형제여 그것은 너의 마음이다

우리의 갈라진 세월
저주의 비로 내리고 바람으로 불어
자칫 발광케 하는 그것이
형제여 우리의 문제로다

형제여 그 다리 밑으로
사랑의 종이 울리기 전까지는
그 다리 위를 총을 가지고 건너지 말아라
한 맺힌 나의 형제여

작별

사랑하는 남동생
잊지 못하는 여동생
아직도 북녘 땅에 있지만
나 이제 가려고 하오
나의 본향 하늘나라로
지금 가려고 하오
아버지 어머니 총탄에 쓰러지고
우리의 형제들 피 이별했지만
꿈꾸던 봄 생전에는 오지 않아
나 이제 본향으로 가려 하오
내 정녕 복사꽃 만발한
그 봄을 보려니
나 이제 기쁨으로 가려 하오
평안히 가려 하오

하나됨을 위하여

돼지는 다시 동상이 된다고
신사숙녀복 입고 조롱하지 말아라
세상에는 이 세상에는
산보다도 더 뚱뚱한 돼지들이 많고
저들은 자유의 이름으로
보이지 않는 황금동상들을 만든다
진짜 강도는 총을 들지 않아요
잔인한 살인자는
사람들을 종으로 만들어 부리는 거예요
개찐 도찐 말장난 말아라
하나된 사랑은 숙연하고 신성하거늘
이제는 서로 존경하거라

친구 막스에게

고등학교 2학년까지
예수 그리스도를 꿈꾸며 예배 드리던 칼 막스
그리스도 예수 안에서 함께 나누던
초대교회의 사랑에 눈물 흘렸던 천재여

크레믈린의 댄스곡에 분노하며
모스크바의 빈민굴에서 울었던 그대여
그대의 분노한 펜은 사람들의 심장을 찔렀고
지상의 무수한 인생들이 비명에 쓰러졌구나

인간은 결코 공산할 수 없다는 그 진리를
천재인 그대가 어이 몰랐을까만
인생은 지금도 그 진리를 알 수 없어 포효한다
저 바벨의 정상에 오르려 발버둥친다

막스여, 이제 우리의 대동강물을 녹여다오
희년의 꽃이 피어나는 백두와 한라의 풀밭에
남남북녀의 사랑잔치를 벌여다오
이제 우리가 언 세상을 녹일 터이니

벽

평온한 골짜기에 긴 댐이 들어서듯이
우리의 막힘도 그렇게 왔구나
힘차게 헤엄쳐 오르던 물고기들은
그 곳에서 긴 한숨 몰아쉬고
다시 지느러미를 접고 내려오누나
형제들이여 우리는 고개를 돌려
저 푸른 초원 안의 목장을 보자
거기 울타리가 있고
그 울타리 안에서 말들이 풀을 뜯는구나
세차게 울부짖는 맹수의 울음들이
막힌 울타리 너머로 들려오고
말들은 힘차게 내달릴 그 날을 꿈꾸며
평온히 풀을 뜯는구나

그 날

우리 다시 맑게 흐르는 개울물에서
마음도 씻고 몸도 씻자
우리의 할아버지와 할머니들이 입었던
흰 옷 입고 환하게 웃어보자

희고 고운 마음 하이얀 우리의 옷
이제 막 고개 내미는 새싹의 꿈
소나기에 씻긴 삼천리 강산
메밀꽃 가득한 달빛 들녘

밤에는 맑은 별들이 반짝이는 동방의 등불
우리의 하이얀 마음들에 그 등불 켜자
어두운 세상으로 흰 마음 밝은 빛 보내자
무궁화 한 송이 빛으로 띄우자

그 날을 기다리며

우리의 생명을 구하기 위하여
인류의 붉은 피 강물처럼 흘렀다
먼 훗날 어둔 세상 밝힐
그 찬란한 등불을 위하여
세상의 마음들이 하나 되었다

피가 흐르는 곳엔
언제나 애틋한 부활이 있었다
생명의 꽃들이 피어 났었다

사명의 자각을 위하여
긴 역사의 강이 흐른다
아름다운 꽃들이 피었다 시드는 것이다
이제 철 든 마음들은
피가 생명이었음을 알리라

아, 눈부신 사월의 빛이여
그 갈급했던 우리의 희망이여

날고 싶어요

나는 훨훨 나르고 싶어요
하늘을 마음껏 나르는 새들처럼 살고 싶어요

사랑하는 님이여
힘이 있다면 나에게 날개를 달아 주세요

삼팔선을 훌쩍 넘어 나르고 싶어요
백두산 꼭대기에 살포시 앉고 싶어요

삼천리 강산 한 바퀴 빙돌아
저 푸른 대양 태평양을 날고 싶어요

날개짓 마다마다
평화와 사랑의 금가루 뿌릴 거예요

온 세상에 뿌릴 거예요
대한의 이름으로 골고루 나눌 거예요

기도 속에서 만나자

잘 가거라 내 아들아
내 비록 몸이 아파서 너와 함께 가지 못하지만
우린 늘 기도 속에서 만나자

안녕히 계세요 어머니
내 지금은 어머니를 업고 갈 수 없지만
나는 꼭 어머니를 모시러 올 거예요

잘 알았다 내 아들아
그러나 네가 오지 못한다 하여도
우린 늘 기도 속에서 만나자

알았어요 어머니
우린 늘 기도 속에서 만나요
보고 싶을 때엔 더 뜨거운 기도 속에서 만나요

환상 저 너머에

묘향산맥 넘어 적유령 산맥 넘고
적유령 산맥 넘어 강남산맥 넘고
강남산맥 넘어 압록강 건넜다

기름진 쌀밥으로 세 끼니 넉넉히 먹고
밤도 낮처럼 환하다는 남한땅을 찾아
천리 또 천리 만리를 넘어
내가 그리던 이 곳에 왔다

날이 갈수록 허탈해지는 이 마음
어디서 오나 어디서 오나 사방을 두리번 거린다
이리도 없고 늑대도 없는 푸른 숲의 땅
시장마다 먹거리며 물건이 넘쳐나는 풍요

내 마음이 왜 이리도 허전하나 허전하나
별들에게 물어도 대답이 없고
달에게 물어도 대답이 없다

불빛

거기에 불빛이 있었다
땅 보지 않고 하늘 보면서
일할 수 있다는 기쁨에 겨워 땀 훔치고
하루 세 끼 밥 감사할 때 희망이 있었다

가슴이며 배 속에 있던 색깔 풍선들
다 빼내어 허공으로 날려보냈을 때
내 몸도 덩달아 기쁨으로 붕 떠올랐다

사랑도 희망도 보람도 믿음도
우리의 영원한 행복도
지금의 나 이 자리에서 기뻐하고 감사할 때
넘치고 또 넘치었다

아, 평화로운 이 마음
지금 주어진 일 열심히 하면서 살아갈 때
아름다운 나의 인생 위대하게 변하리
우리의 소원들 모두 이루어지리

우리는

달리고 싶다
기차는 평양을 거쳐 나진항까지
단숨에 달리고 싶다

우리는 달리고 싶다
버스며 기차며 우마차까지도
서울을 거쳐 대전을 지나고
대구를 거쳐 부산까지 달리고 싶다
광주를 거쳐 목포까지 달리고 싶다

우리는 날고 싶다
아름다운 우리의 강산을
백두산에서 한라산까지 날고 싶다

우리는 헤엄치고 싶다
나진에서 청진으로
청진에서 흥남으로
원산에서 부산까지 헤엄치고 싶다

남해를 한 바퀴 빙돌아
진도를 거쳐 군산에서 인천까지

멍으로 변한 때 다 씻기도록
달리고 날고 헤엄치고 싶다

풍선

한 맺힌 울분의 세월
풍선에 담아 공중으로 노오피 떠올렸다
두둥실 두둥실 창파에 조각 배 나아가듯
우리의 서러운 마음들 38선을 넘는다

나 아직 살아 있노라 소식 전하며
자유 천지인 남쪽에서 두 손 모으고
북쪽의 형제들 안녕 빌어본다

풍선이 사라질 때마다
왜 이리 역사가 흔들리고
존재마저 나를 혼란케 하는가

알고 보니 우리는 늘 하나였고
여기 있으나 저기 있으나
사는 것은 매 한가지인데
우리는 왜 증오하며 죽어가는 것일까

나의 길

나는 나의 길을 가리라
숲이 있으면 그 숲을 헤치고 가리라
강이 있으면 강을 건너고
기암괴석이 있다면
바위들을 조심히 돌아서 나의 길을 가리라
거기엔 나의 진주 나의 보석
나의 사랑이 있기에 나는 가리라
가다 보면 길은 하나로 만나리
모든 시내가 강으로 모이고
세상의 강들은 바다로 모이듯이
나는 나의 길을 꿋꿋이 가리라
저 빛나는 태양의 궤도를 따라서
그 황홀한 진리와 평화의 성산을 향하여
나는 나의 길을 가리라

성경책

장마당에서
몰래 성경책 한 권을 사왔다
무슨 책이길래
잘 보면 남한으로 가고
잘못 보면 수용소로 가거나 죽는 것일까
깊은 밤 이불을 뒤집어 쓰고
한 장 한 장 넘긴다
하나님이란 분이 세상을 만드셨고
예수님이란 분이 인간을 구원하셨다
보혜사 성령님이란 분이
그 두 분을 증거하신다고 말한다
이 내용이 무슨 내용이길래
인간의 운명을 가르나
나는 이번엔 조심히 라디오를 가져와
남한의 기독교 방송을 듣는다

그 고지

피로 물든 산 허리에 어지러운 시신들
고지 위에 펄럭이는 피 묻은 태극기
화약 내음이 안개처럼 걷히어 갈 때
놀랐던 다람쥐 한 마리 기어나와
큰 눈으로 사방을 두리번거린다
조심히 걸어가 철모 위로 사뿐히 뛰어오르고
다시 내려와 아직도 숨 쉴 것 같은
젊은 군인의 몸을 살핀다
언제 닥쳐올지 모르는 벼락치는 어둠이
다람쥐의 코 끝을 스쳐갈 때
탕-하는 총성이 다시 울린다
다람쥐는 온데 간데 없다
잊혀져가는 그 고지여

아버지의 묘

이제 그 곳에는
그 무덤을 아는 이가 없으리라
지게 지고 평생을 살았지만
한 없이 순박하였던 한 남성
이제 그 묘 위로는 풀들이
아무 것도 알아볼 수 없도록 덮였으리라
나마저 이 지상을 떠난 후엔
그 누가 마음의 성묘를 해 줄까
어느 누가 풀로 덮힌 그 무덤을
기억할까

백두산

우리가 왜 우리의 산을 못 오르겠느냐
우리의 산 백두산을 못 오른다면
저 높은 히말라야의 정봉들과
햇빛 찬란한 희망봉은
어찌 오르겠느냐

사랑하는 흰 옷의 백성들아
흰 옷은 흰 산 백두에서 더욱 희리니
다시금 마음 가다듬고 산을 오르자
우리 함께 그 곳에 올라 만세 부르는 꿈
쉬지 말고 꾸어보자

이제 머지 않았다
조금만 더 힘을 내자
우리의 사랑 포기하지 말자
온 세상을 아우를 우리의 희고 고운 사랑
머잖아 이루어지리라

행복하다 말해요

사랑하는 이여
그래도 우리는 행복하다고 말해요
봄꽃들 다투어 피어나는 이 밝은 세상에
우리는 살고 있잖아요

구름은 온 세상을 찾아다니지요
가끔은 비를 뿌리어 목을 축여 주지만
어둠의 그늘도 만들어 주지요

사랑하는 이여
우리의 사랑이 어디 있다고 말하지 말아요
우리의 사랑은 우리의 마음에 있고
우리가 살고 있는 이 곳에 있다고 믿어요

사랑하는 이여
그래도 우리는 행복하다고 말해요
그래 보았자 우리는 돌 담 하나 사이에 두고
서로를 그리워 하잖아요

우리 대나무

나는 우리의 대나무들을 사랑하지요
단단하고 곧게 위로 자라지만
잎도 푸르기 때문이에요
바람이 불면 함께 스러졌다 일어서면서
아리랑 아리랑 노래도 부르지요

나는 우리의 대나무들을 사랑하지요
우리의 못난 증오의 마음들을 찌를 때
그 속은 비어 있음을 보았기 때문이에요

나는 우리의 대나무들을 사랑하지요
저 유년의 여름 햇빛 고울 때
망둥이며 비듬 볼락 낚시 갈려고 할 때
잘 자란 지 몸 하나 기꺼이 주었거든요

포기하지 말아라

참으로 위대한 사람은
포기하지 않는 사람이다
대망의 꿈이 산산히 부서진 파편 앞에서도
자신의 인생을 포기하지 않는 사람
그가 이 지상의 진정한 영웅이다

참으로 위대한 민족은
포기하지 않는 민족이다
나라가 두 개로 쪼개지고
형제의 가슴에 무수히 총을 쏘았다 하여도
인류의 빛으로 반짝일 그 꿈
포기하지 않는 민족이다

인생들이여 포기하지 말아라
나라들이여 포기하지 말아라
희망의 빛 모두 꺼졌다 생각될 때도
포기하지 말고 그 생각 돌이키어라

그대의 찬란한 빛
이 세상을 환히 밝히리라

우리의 통일

우리의 통일은
노력하고 노력하여도 이루어지지 않은 꿈처럼
좀처럼 우리 곁으로 오지 않았다

우리의 통일은
앞이 보이지 않는 눈 먼 님의 아픔처럼
디뎌도 디뎌도 가까이 오지 않았다

아 우리의 통일은
흰 눈 사이로 피어오르는 연두빛 새싹들처럼
아무도 모르게 살짝 다가왔다

우리의 통일은
소원이라고 말했던 모든 사람들을 잊어버리고
억겁의 세월을 따라 흘러가리라

우리의 통일은
하늘과 땅의 통일 그대와 나의 통일
이 세상 모든 영혼들의 하나된 사랑

그대여 돌아오라

시인의 눈물이 한 방울 두 방울
이 땅을 적시고 이 강산을 적실 때
그대여 돌아오라 어서 돌아오라

인생이 내 맘 같지 않음을 나도 안다만
그리도 방황하고 아파하면
나는 어이 이 세상을 평안히 살겠느냐

한숨을 외면한 운명의 탑은 높아만 가는데
너마저 내 마음 끝까지 외면하면
시인의 눈물은 강물로 강물로 넘치리라

그 누가 네 마음을 치료하랴
그 어떤 삽이 세상의 산들을 엎을 수 있으랴
안타까운 나의 사랑아

오늘도 하늘을 바라보면서 기도하누나
시인의 슬픈 눈물이 마르기 전에
그대여 어서 내게로 돌아오라

생과 빛

믿었던 사람 저 멀리 떠나 보내고
한숨 짓는 친구여
설마 사람이 그러 하리라 알지 못해서
그대의 마음 아프리라
한 없이 절망스러우리라

그대 눈물 흘리는 착한 친구여
인생이 왜 추운 겨울나무와 같은 것을
이제 알았으니 되었다
눈물조차 모두 비가 흘려 주었을 때
하이얀 눈들이 세상의 모든 꽃들로 피었음을
너는 비로소 알았으리라

사랑하는 친구여
그대가 그대를 용서하였다면
청춘도 사랑도 사람들도 모두 이해하리라

참으로 사랑하는 친구여
빛은 오직 하나임을 잊지 말아라

우리의 통일은

우리의 통일은 온 인류의 꿈
이 지상의 간절한 염원
다시 한 해를 살아낼 치열한 봄의 열기

천 길 물 속에 가라앉은 바위라 하여도
때가 이르면 스스로 올라오리라
오래 전에 잊혀진 꿈이라 하여도
돌아온 철새처럼 푸른 하늘 날으리라

우리의 통일은 우리 모두의 아름다운 추억
그 날 금강산 열차를 타고 창밖을 보면서
간절했던 오늘을 꿈결처럼 기억하리라

우리의 통일은 우리의 사랑이어라
그 이유가 무엇이든 함께 살아라 말씀하시는
우리 모두의 사랑이어라

38선

아무도 그 선의 비밀을 알지 못한다
누가 그렇게 긴 선을 그었는지 알지 못한다
하필이면 붉은 피로 그 선을 그었는지
그은 자만이 그 비밀을 알 수 있다

오른편에 그물을 던지라 하여 던졌더니
백 쉰 세 마리의 고기가 잡힌 것처럼
왜 하필 백 쉰 세 마리인지
아무도 그 비밀을 알지 못한다

긴 철망을 따라 곡예하듯
38선 위를 아슬아슬하게 걷는다
피는 여전히 그대로 남아 발목까지 적시고
우리의 슬픈 하루가 저물어 온다

2부 / 그 강

그 강

누구에게나 그 강은 있지
어느 때인가는 건너야 할 강

마음 단단히 먹고 건너라
먼저 건너간 지인들 말하지만

나는 오히려 단단한 마음 풀고
그 강을 건너 뛰었지

세월의 강물 넘실거려 그 강 잊혀지고
지금은 그냥 흐르는 그 강

이슬 한 방울

돌아보면 너무 아득하여
이제는 그리움만 일렁이는 시간들

무엇을 하였나
지금까지 무엇을 하였나 말하면
세월만 떠오르는 망망한 바다

인생은 그렇게 흘러가고
또 그렇게
가끔은 눈물 흘리며 가는가

행복하여라
참으로 행복하여라 말하면
그 때야 비로소

영롱한 이슬 한 방울
꽃잎에 달려 있다

위인의 길

위인이 걸어간 길
그 길은 처음엔 우리와 같은 길이었다
바람이 불어 눈보라가 휘날릴 때
그 길은 돌을 갈아 황금을 만들었던
사람이 걷기엔 가혹한 길이었다

위인이 걸어간 길
그 길은 처음엔 자신을 위한 길이었다
인생의 모진 가시들이 살 속을 파고 들 때에
그 길은 내 자신을 부정해야만 하는
사망의 골짜기를 통과하는 길이었다

위인이 걸어간 길
이제 우리 모두가 걸어가야 할 길
돌을 갈아 황금을 만들며
나를 부정하자
사망의 문마저 담대히 지나자

용서

짧은 인생 살면서
아무도 미워하지 말아라

설령 네게 아픔 주었어도
농부의 보습을 받는 땅처럼
그 고통을 기쁨으로 받아라

참으로 아름다운 사람은
그의 영혼이 수정처럼 고운 사람은
용서하는 사람이다

용서라는 대지 위에서
꽃들이 피어난다

용서라는 하늘 아래에서
새들은 자유롭게 날며 노래한다

그대여

눈에 보이는 모든 것들이
참으로 아름다워 보일 때

이제 그대는
비로소 세상의 소유를 버렸나

지나간 시간들이
견딜 수 없는 그리움으로 달려오면

이제 나는 비로소
그대를 사랑할 수 있는가

마지막 잎새 뚝 떨어지고
하이얀 눈송이가 조용히 내려오면

나의 눈에서는
눈물이 흐르네

어느 봄 날

청량한 어느 봄 날
친구들과 호서에 오니
강물 잔잔히 흐르고 있네
하얀빛 반짝이며 흐르고 있네
내 안에 붙어 있던 생의 편린들
불어오는 미풍에 하나 둘 떨어지며
향기되어 날리네
친구들의 박수 소리와 웃음소리에
우리의 인생은 기쁨으로 가고
우리의 영혼은 강물처럼 반짝이네

그리움

한 없는 그리움 몰려온다
우수수-
바람에 흔들리는 수수대 너머로
사라져버린 저 시간의 벌판 너머로
지금 한 없는 그리움 몰려온다
다시 한 계절은 가고
낙엽이 물들어 햇살로 웃는
늦가을이 오고
그리운 사람들 하나 둘
이 지상을 떠나간다
그대여-
하고 부르면
가슴 에이며 눈물 솟구치는
한 없는 그리움 몰려온다

승리를 위하여

어느 날
초라한 너의 모습 발견했을 때
그 때 작아지지 마

거대한 빌딩들 바라보면서
네 방 한 칸 없는 설움으로
흔들리지 마

승리는 산다는 거니까
앞만 보고 살아온 것처럼
그렇게 사는 것이 행복이니까

그대여
들로 나가보렴
작은 야생화의 완벽한 미소를
꼭 만나보렴

누이야

사랑하는 누이야
한 때는 나를 구세주로 알았던 누이야
이제 많은 세월이 흘렀구나
나는 여전히 너를 사랑하지만
세월의 아픔이 우리의 사이를
조금은 멀리 떼어 놓았구나

사랑하는 누이야
간밤에는 내가 탄 말에
너도 타 주어서 고맙다
너는 자꾸만 그 비탈진 자갈길로
말을 몰라고 했지
하지만 나는 방향을 바꾸었구나

사랑하는 누이야
세월의 바람이 차고 매섭다만
우리 지금 한 말 위에 있으니
그거면 되었다

부부

만남부터 예사로운 인연이 아니더니
심심산천의 꽃들 마냥
눈비 오는 세상에서 함께 걷는다
바람이 불면 작은 우산에 기대어 몸 굽히고
걷던 길 다시 걷는다
사랑보다 더 단단한 밧줄로
두 몸을 한 몸으로 묶는다
아기라도 방긋 웃을 참이면
세상의 금은보화는 그 안에서 반짝인다
흐르는 세월에 나이를 맡겨두고
오늘은 산 내일은 언덕을 넘어
모래엔 강가에 이르러 배를 타리라
저 넓은 바다로 가기 위해 배를 타리라
차 한 잔에 웃고 울고
내 알몸을 편히 보는 유일한 사람
그대가 나의 뼈요 살이기에
나는 그대가 주는 죽음의 잔도 마셨다
우리는 유일한 진짜이다
이 지상에서 둘이 하나되는 모범이다
아무 것도 염려할 것 없다
영원히 함께 있는 존재라면

세상은 언제나 그대로이다
행복도 불행도 거기에 있다
죽음 너머의 영원까지
우리의 길은 이어져 있다

우리의 시간들

어느새 많이 달려왔네
내게 주어진 아름다운 시간들

부지런히 피어났다가 지는 꽃들
하늘하늘 지는 낙엽들
우리가 달려온 시간들을 함께 나누네

이제 남은 시간들은 자꾸 줄어들고
우리의 이야기들도
가을처럼 익어만 가네

노오란 해가 창살에 어른거리면
벌떡 일어나
지나간 시간들을 멀리 가버린
잊혀진 시간들을

안타깝게 부르며
더듬어 찾네

영광의 문

우리의 작은 마당에
영광의 문이 열리던 날
우리 모두는 그 날을 숨을 죽이며
기다렸건만
오랜 세월이 흐른 후에야
그 문이 활짝 열리어 있었음을 아네
감나무 섰던 곳이 트이고
돌담들은 사라지고
해 뜨는 동편으로
기쁨의 문이 넓게 열렸어라
아 영광의 문이여
나 또 한번
그 문 앞에 서리라

말벌 접붙이기

어쩌다 말벌들이
자기의 짝들을 잃어버렸나
황토색 날렵한 몸매에
날개는 선비 같은 말벌들
나 그 하나를 들고
그 짝을 찾아 헤매었다
그들을 만나게 할려고
그들이 회복되어 하나되라고
땀 흘리며 뛰었다
겨우 짝을 찾았는데
하나가 시들어 간다
봉지에 담긴 녀석이
힘을 잃어간다

그녀

그녀를 어떻게 불러야 하나요?
참으로 순결했던 날엔
열 개의 카드로 가정을 지켰어요
아이가 맞아도 웃으면서
때린 아이를 사랑했어요

그녀를 어떻게 불러야 하나요?
그녀는 잠시 내 곁을 떠났다가
다시 내게 돌아왔고
날더러 믿음을 달라고 했어요
그래서 주었더니 다시 떠났어요

그녀를 어떻게 불러야 하나요?
어제 밤에
그녀는 다시 내 곁으로 왔어요
아주 지친 모습으로
내 곁에 누웠어요

그 사람들

그 사람들은 지금
내 곁에 없다
먼 옛날 내 곁에 있던
그 수수밭과 고구마밭처럼
사랑을 속삭였던 그 소녀처럼
내 곁에 없다

간밤에 그들을 만났다
내가 늘 바라던 씩씩한 몸으로
얼굴이 환하게 핀 당당한 모습으로
나에게 왔다
나는 반가와 했고
그들은 다시 떠났다

내 곁에 없는 그 사람들에게
꼭 해 주고 싶은 말이 있었는데
나는 그 말을 하지 못하였다

낙엽

낙엽을 보면서 생각나는 하나
정직함이다

작은 바람이 불어와도
수줍다 말하고

큰 바람이 불어오면
큰 눈물처럼 바닥에 떨어져 운다

저 푸르른 봄
푸르름이 노랗게 익은 여름

가을이 오면
낙엽은 더더욱 정직해진다

본래의 마음들 색깔로 보이고
이제 그만 본향으로 간다

기적

기적이 흐르는 강 가에서
기적이 달리는 철길 위에서
기적이 얹혀진 언덕 위에서
나는 오늘도 기적을 보았다

나의 물건이 천 길 낭떠러지 위로
훌쩍 오르고
나의 물건이 다시 내게 훌쩍 내려오고
오고 가는 기적을 보았다

심각한 이야기일랑
이제 그만 잊어버리자
우리는 오직 기적을 이야기하자

신고 있는 신발을 감쪽같이 벗겨가는
그 기적을 이야기하자
이 가을에는 그 기적을 노래하자
하늘이 있고 땅이 있는
우리들의 세상에

우리는 항상 기적을 노래하자
기적을 갈망하자

시간

갈색의 낙엽들이 비에 젖어
바람을 따라 떼지어 몰려온다
작은 쥐들로 변하여 다가오더니
다시 다람쥐로 바뀐다
다시 바람이 불고
낙엽들은 검은 몽크로 변하여
한바탕 휘돈다
바람이 불고
낙엽들은 누우런 색으로 변하여
족제비가 되어 뛰어가더니
자잘히 부서져
휘이 돌더니
먼지처럼 사라져버렸다

삶의 금메달

폭풍이 지나간 언덕에도
태양볕은 다시 번지고
언 땅에도 틀림없이 봄은 온다
어떤 아픔도 어떤 혼란도
청명한 하늘 아래서
다시 새로운 질서를 찾는다
참으로 아름다운 사람은
처절한 눈물 가운데서
다시 일어나는 사람이다
그대에게는 틀림없이
삶의 금메달이 주어지리라

은총

하늘에 구름 가득한 겨울 한 날
함지박만한 노란 햇살이
장독대 위에 내렸다
그러다가 꽃밭으로 옮겨갔다
저 노오란 빛 한 아름
저게 황금일까
저게 행복일까
아니 저게 바로
위로부터 내려오는
그 은총일 거야

잉어들의 춤

여름이 가을로 넘어가는 그 날
코스모스 하늘거리는 냇가를 걸었다
졸졸졸 물 흐르는 소리 들려오고
소풍 나온 가족들 곁에
노오란 햇살이 다가와 살근거린다
아빠 엄마 손잡고
꼬맹이들이 모여 소리치는 그 곳에
엄마 잉어 옆에 세우고
새끼 잉어들이 춤을 춘다
둥근 원을 그리며
맑은 물 착착 가르며
한바탕 공연을 한다

보통사람

천재들의 작품을 보면서
내가 느꼈던 것은
보통 사람인 내 인생을 더욱 사랑하며
더욱 진실하게
성실히 살자는 것이었다
천재인 그들이야
처음부터 빛날 수 있었겠지만
나는 진실하고 성실하게
한 평생을 달린 후에만
빛을 발하리라고 생각한 것이다

그것 하나만으로도

나는 감사합니다
내게 이 지상의 삶을 허락하신
그것 하나만으로도
나는 감사합니다

이처럼 건강하니
나는 행복합니다

너와 내게 있는 그것 하나만으로도
우린 감사할 수 있습니다

아름다운 꽃 한 송이 보는
그것 하나만으로도 감사할 수 있습니다

우리의 인생
어디 이것 하나만입니까
넘치고 넘치는 복들이 쌓였습니다

그러나 나는
그것 하나만으로도
영원히 감사하겠습니다

인생

계곡이 없는 산이 없듯
굴곡이 없는 인생도 없답니다

반듯한 시내가 하나도 없듯
구부러지지 않은 인생이란
하나도 없답니다

아픔도 고난도
시험도 환난도 없는 인생
그런 인생을 꿈꾸지 마세요
그런 인생은 세상에 없으니까요

가난도 슬픔도
아픔도 절망도 허무함도
감당하기 힘든 수모와 모욕도
내 가슴으로 안으리라
참으로 안으리라

이렇게 세상을 사랑하며
용감하게 사세요

스승

이제 백발이 성성하건만
그는 여전히 가르치는 정열로
가슴이 뜨겁다

세상을 향한 자기의 생각이 많고
나를 향한 사랑도 뜨겁다

그 길로 가면 성공하나
이 길로 가면 실패한다고
진심으로 말해 준다

지금은 태평양 너머에서
나의 기도만을 듣는 그대여

누가 그대의 마음을 알 것인가
그대를 세운
저 하늘만이 알 것이다

기도

기도하면 세상이 하나가 된다
하늘과 땅이 하나가 된다
길은 천리만리로 열려 있고
우주와 만물은 나와 하나가 된다
내 몸은 생명 안의 한 생명체
천사처럼 자유하여 기쁘다
슬픔도 기쁨도 하나가 되고
인생은 영원한 세계의 연장
나는 천국의 사람으로 살면서
이 세상을 잠시 유람한다
모든 것은 사랑 안에서 하나
나는 구름에 실려 하늘을 나르고
만유의 복을 눈처럼 뿌린다

절망하는 자들아

해도 해도 안 되어
절망하는 자들아
너무 한심해 자신이 너무 한심해
오늘도 서럽게 우는 자들아
울지 말아라 아니 흐느껴 울어라
마음껏 서럽게 울어라
절망이라면 나보다 더했겠느냐
나는 평생을 절망했다
내 뜻대로 되는 게 하나도 없었다
절망하는 자들아
그래도 내가 살았던 이유는
내 안에 언제나 빛이 있었기 때문이다
절망이 곧 회망이라는 그 빛
내 안에서는 지금도 그 빛이
찬란히 빛나고 있다

그 이야기들

잊혀져 가는 수많은 이야기들
나는 그 이야기들을 모두 적고 싶다
영원히 간직하고 싶다
아, 사랑하는 사람들아
나도 안다 그대들의 마음을
같이 밥 먹고 장난하면서
웃고 싶은 그 마음을
마음껏 이야기하면서
영원히 늙고 싶지 않은 그 마음을
잊혀져 가는 수많은 이야기들
그 이야기들을 남기고 싶다
그대들이 영원히 잊혀지기 전에
그 이야기를 계속 나누고 싶다

사람들아 인생들아

노오란 낙엽들이 딩구는
저 거리를 보느냐
찬 비에 젖어 있는
저 가로수들과 단풍잎들을
보고 있느냐
우리들이 사는 세상이다
착하게 살거라
사랑하며 살거라
모든 사라지는 것들의 슬픔
그 슬픔이 너희들의 몫임을
인생들아
왜 알지 못하느냐

진도

내 고향은 진도
세상에 하나뿐인 보배 섬

언제 보아도
어느 때 만나도
깨끗하고 청량한 얼굴
수줍은 소녀처럼
빠알간 동백꽃이 늘 피어나는 곳

내 영혼 아무리 눕혀도
그 평화 다함이 없어라
내 마음 아무리 열어도
그 사랑 끊이지 않아라

지금도 내 부모가 사는 땅
내 사랑 하늘 아래
가득한 땅

그 날

사람들은 모두 다 유명해진 그 날
나는 작은 골방에서 무릎을 꿇고
하늘만 바라보았다

때로는 양 팔을 쳐들어
화알짝 벌리고
때로는 참으로 슬프게
흐느껴 울면서
골방에만 있었다

빛이 다하여 밤이 오는 그 날
계절이 다하여
이제는 내리던 눈도 멈추던 그 날
나는 가난한 볼펜을 들고
내 일기장 앞에 앉아 있었다

그 날이 오리라 믿으며
나를 통하여 온 세상에
봄이 오리라는 그 날을 바라며
믿으며, 사랑하였다

빛

우리가 모였을 때엔
빛이 환하였다
어느 순간에 빛이 사라졌다
전에는 빛을 가져오던 그도
빛을 가져오지 못한 채
어디론가 가버렸다
마지막까지 남아 있는 그는 옥토
그리고 나를 따라다니던 아내
한 노인이 들어온다
참으로 절박한 노인이 들어온다
나는 그녀를 위해 간절히 기도하고
내 눈을 적신 눈물을 느낀다
눈을 뜨니 그 빛은
그 환한 빛은 다시 세상을 밝힌다

가난한 사람들아

나도 가난하다
세상의 가난한 사람들아
올 겨울 어떻게 넘길지
지금부터 염려가 된다

가난한 사람들아
그래도 낙심은 말아라
우리는 차디찬 방바닥에서
시린 엉덩이 스스로 만지며
잘 참아 왔다

너무 가난해
우는 우리의 친구들아
올 겨울에는 잊지 말고
하늘 한 번 보거라
하늘에서 눈 대신

따뜻한 선물들이
하염없이 내려오더라

흠도 없고 점도 없고 티도 없이

나는 날마다
흠 없고 점 없고 티 없는
내 인생을 갈망한다
내 영혼이 이렇게 맑고 개운하니
온전한 영혼이 산 꼭대기라면
나는 어쩌면
이미 그 정상에 서 있는지도 모른다
나는 이 아침에
흠 없고 점 없고 티 없는
그 삶을 가르쳐 주신
우리의 님에게
또 감사하고 기도한다
이 세상에
그 질서를 알려 주시고
그 능력을 주실 분은
우리의 님 그분밖에 없다

인생길

가도 가도 끝 없는 이 길
내일은 내일은 하고 꿈꾸어도
걸음걸이는 늘 팍팍하고
삶의 짐은 늘 무거워지는 이 길
우리가 걸어가는 인생길
누구인가가 저 빌딩을 지었고
누구인가는 저 곳에서 살겠지
누구인가는 저 것을 가지고 있겠지
생각하면서 박수 한 번 쳐주고
내가 이렇게 걷고 있는 모습에
장하다 장하다 기뻐하며 산다
가고 가다 보면 끝이 있으려니
그 날엔 그 날엔 하면서
오늘도 꿈꾸며 산다

글씨와 시간들

나의 글씨는 점점 반듯해지고
나의 일기장은 점점 깨끗해진다
나의 영혼은 날씨가 개이듯 정리되고
나는 다시 새로운 시간들을 맞는다
다시 시작하는 시간이다
다시 꿈을 꾸는 시간이다
새로운 계단을 오르는 시간이다
좀 더 뜨겁게 사랑하는 시간이다
내 영혼의 빛이 더 멀리
뻗어나가는 시간이다

시화호

보아라 아름다운 꽃들이 가득한 호수를
흐드러지게 피어 있는 갈꽃 사이로 작은 비비새들 날으고
분홍 싸리꽃 노오란 마타리 정답게 웃는 곳

평화로이 흐르는 강물따라
조용히 시가 흐르는 곳
사랑하는 연인들 속삭이며 걷다가 쉬어가고
향그러운 바람에 머리카락 날리는 곳

긴 세월을 말없이 오고 간 먼 바다의 신화여
수평선 바라보면 한 폭의 아름다운 그림
아름다운 추억의 호수여

시원한 바람들아
화사한 미소들아
우리의 좋은 만남으로 영원하여라

나무

지상에서 가장 노오피 자라는 너는
사람을 가장 마아니 닮았다

계절을 따라 옷을 갈아입고
싹을 틔워 잎을 만들고
꽃을 피우고 열매를 익히우는 너
개처럼 꼬리치지 아니하며 늘 옆에 있지

자신을 알아보는 이들에게 보답하고
자르고자 하는 이들에게 허리조차 내어주는 너
불에 타면서도 활활 솟아오르는 너

아래로 뿌리를 내려 서있으나
너는 언제나 위에서 네 몸을 잡아주지
세상을 살리고 사람을 살리는 종이여
그대 사위는 울림에 먼동이 터온다

숭어떼들

호숫길 따라 올라온 무수한 숭어떼들
오늘도 다리 밑에서 노닌다
보름 가까이 먼 길을 올라와 모처럼 회포를 푼다
하루는 서커스를 하고
하루는 농무를 추고
오늘은 몸을 반짝반짝 뒤집으며 탈춤을 춘다
내일은 한량춤이라도 출건지
사람들 발길 잡는 몸짓들이 볼 만하다
노오란 햇빛이 다리 난간 위에 앉아 웃고
초가을의 호수는 익어가는 가을의 정취로 잔잔하다

나의 빛

빛이여
천지에 충만한 찬란한 빛이여
눈이 부시어 바라볼 수 없는
생명의 빛이여
씨앗이 생성되어 거기서 익고
우리의 사랑도
황금빛으로 반짝거려라
만질 수 없어서 더욱 안타까운
지천에 가득한 빛이여
꽃 위에 마음 위에
내려앉누나
내려앉누나
나의 빛이여

소망

나는 깨끗이 살아야지
티 한 점 없는 맑은 물처럼
그렇게 살아야지
아무리 흔들어도
튼실한 열매만이 떨어지는 나무처럼
흠 없고 점 없는 삶 이어가야지
먼 후일
이 지상에서 빛으로 살았던 한 사람
거기 있었노라고 말하는
빛을 소망하는 저들의 희망대로
아름답게 살아야지

친구들이여

흠 없고 점 없고 티 없이
남은 인생 깨끗하게 살자
이제 막 땅을 비집고 나오는
저 순결한 연록의 새싹들처럼
이 마음에 희망의 싹 틔우며 살자
눈에 보이는 모든 것들을 사랑하면서
항상 감사하면서 살자
좁은 가슴이지만 끝없이 열며
한숨도 아픔도 기쁨도 사랑도 받으며
아름다운 미소 꽃처럼 피우며 살자

고요한 새벽

세상이 고요히 잠든 이 새벽
문득 천 리 먼 곳에 있는
아버지를 생각한다
자식에게 희망을 건 투철했던 인생
이제 90고개에 앉아 천정을 보시나
어머니도 안 계시는 적막한 새벽
이웃에는 사람들도 없다는데
이 새벽 어떻게 보내시나
자식이 무엇이고 아들은 무엇일까
산다는 일은 또 무엇일까
함께 있지 못하는
우리의 이 슬픈 사람들
세상이 고요히 잠든 이 새벽

그 곳에 가면

그 곳에 가면

하나 둘 단풍낙엽이 지는 날
호서대학교 아산캠퍼스에 가면
빠알간 산딸기의 비밀스러운 이야기를 들을 수 있다.

세월이 인생이 어떻게 물들어가며
우리네 인생이 어디로 가는지도
벽을 오르는 담쟁이 넝쿨들을 보면서 알 수 있다

아 그 곳에 가면
내 지나간 시간들의 작열하는 태양을 볼 수 있고
이 세상에서 만날 수 없는 사랑하는 나의 님도
나의 절절한 사랑도 만날 수 있다

호서대학교 아산캠퍼스
그 곳에 가면
거기서 마주쳤던 지난 날의 우리들을
그 순수하였던 우정을 만날 수 있다

관점

젊고 아름다운 흑인 아가씨가
내게 늘 친절하다

그 나라는 일부다처임을 안다
가난한 남자여도
최소한 몇 명의 여인은
아내로 생각한다

저 아름다운 흑인 아가씨가
내게 왜 친절한 것일까
조용히 생각해본다

설마 하다가
피식 웃는다

소리의 한 가운데에서

오늘도 세상의 아우성이 들려온다
TV와 라디오 신문과 잡지에서
저 혼잡한 거리에서
세상의 소리들이 들려온다

성공했다는 사람들의 자신만만한 소리
실패했다고 생각하는 사람들의
우울한 소리들
때론 열심히 인생을 살아가는
순수한 소리들도 있다

소리꾼들이 지상을 떠나버린 날
세상은 여전히 다른 소리꾼들로
붐비고 시끄러울 것이다

그 소리들의 한 가운데에서
억겁을 흔드는 영원한 소리를 듣는다
소리의 주인이 들려주는 한 소리
바람이 지나가는 소리이다

갈대의 소리

너무 푸르러
시린 하늘 아래로

하얗게 핀 갈대의 꽃들이
바람에 흔들거린다

인생의 노래를 가득 담은
초연한 모습

흔들거리지 않는 것은
생명이 아니라 말하며

하이얀 눈을
웃으며 맞는다

은구슬과 반짝임의 의미

꿈은 깨어지는 순간에
석류의 봉우리가 터지듯 빛으로 화한다

집념은 부서지는 순간에
꽃봉오리가 화알짝 퍼지듯 미소로 바뀐다

길은 사방이 막히는 순간에
종달이가 하늘을 쏘듯 하늘로 뻗는다

사랑은 가버리는 순간에
새봄이 오듯 무수한 새싹들로 피어난다

내가 꼭 붙들었던 것들을 놓아버리는 순간에
바람에 흔들리는 낙엽처럼 자유로와진다

쉬어가게나

나의 친구야 쉬어가게나
귀한 발걸음
여기까지 왔는데
그냥 떠나지 말고 쉬어가게나
근심도 내려놓고 걱정도 내려놓고
두 다리 쭉 펴고 맘 편히 쉬어가게나
사랑하는 나의 친구야
자네가 몇 년을 살았건
지금은 어디에서 무엇을 하건
인생은 나그네임을 잊지 말게나
이 세상 모든 것 놓아두고
때가 되면 떠나는
나그네임을 잊지 말게나
한숨도 내려놓고 시름도 내려놓고
여기에서 푹 쉬어가게나
돈이 무엇이고 권력이 무엇인가
존귀하다 일컫는 명예는 무엇인가
춘색 같은 연애는 또 무엇인가
흐르는 구름이고 스쳐가는 바람이라네
아침에 피었다가 저녁에 시드는
풀의 꽃이라네

울고 싶으면 울고 웃고 싶으면 웃게나
나의 친구야
이 지상에서 함께 살았던 나의 친구야
여기에서 푹 쉬어가게나

3부 / 짧은 환상

짧은 환상

국방색 공간에
감청색의 둥글고 작은 통들이
즐비하다
일순간 바람이 지난 후 풀잎이 일어나듯
통마다 굵고 하얀 실 같은 빛들을
멋지게 부어놓는다
펑펑펑 소리 내며 허공에서 오색의 폭죽이 터지듯
하이얀 빛들이 길게 부서져 빛나고
그 빛들은 국방색 공간을 가득 채운다
이번에는 아래에서부터 위로
오색의 빛들이 분수처럼 뿜어져 오르고
다음 번에는 위에서부터 아래로
난초의 흰꽃들 같은 빛들이
쏟아져 내려온다
말과 글로 표현하기 어려운 빛들의 축제
국방색이 보라색으로 변할 무렵엔
흰빛들은 신비의 세계로 들어간다

검불들

사라지는 것들 위로 내리는 이슬비
마지막 배는 그렇게 떠났다
이제는 전답으로 변한 그 바다로
긴 몸체를 밀고 나간다
돛폭은 누워 있고
기둥 두어 개만 서 있고
나를 유혹하지만
나는 그들과 함께 떠나지 않는다
망태기에 담긴 검불들
한 때는 항문을 닦아 주었지만
이제는 사라지고
있다 한들 재로 변하리라
나는 다만 지혜를 주울 뿐
황금의 관을 받으리라

예배당

아버지가 지은 작은 예배당
양 옆으로는 감나무가 있고
우리가 어려서는 파도 심고
구석지로는 참나리가 피던 그 곳에
아버지는 예배당을 지었다
큰 방과 맞대어
20여 명은 앉을 수 있는
작은 예배당을 지었다
마늘도 심어 먹고
고추와 오이도 따던 그 곳에
88세의 아버지는
혼자서 예배당을 지었다

고슴도치 모자

어느 날 고슴도치 모자가 우리의 가족이 되었다
우리와 함께 한 침대 위에서
한 이불을 덮고 잤다
갈색의 엄마는 요술도 부렸다
어느 날엔 벽걸이 침대 위에서
길고 흰 몸으로 잤다
어느 날엔 앙징스러운 작은 모습으로
침대 위에서 아들을 감쌌다
그러면 하얀 바다 위에서
한 송이의 아름다운 꽃이 되었다
사람들이 와서 한바탕 잔치를 하면
녀석들은 보이지 않았다

배구장

낯 뜨거운 엄청난 실수
실력 미달

모두가 날 비웃는 것 같고
실제로 나는 맨 주먹뿐이다

유일한 재산은 건강 하나뿐인
젊은 유학생을 본다

어디에 다다랐든지
잘 왔다고 믿으며 산다

그것이 나의 역사이고
나는 나의 성을 허물고

오늘도 새로 쌓는다

굴

유년의 바다가 있는 곳
바위들은 저 너머의 작은 섬들처럼
변함 없이 앉아 있다

허리 구부정한 할머니가
조시와 작은 양푼을 들고
이리저리 걸어다닌다

이제는 세상에 없는 어머니가
부지런히 굴을 딴다
할머니의 실력에 비하면
어림도 없지만
벌써 하얀 꿀쩍들 보인다

저 멀리 고향의 바다
추억의 저녁 노을들
굴 따던 날들의 아련한 기억들

그 바다

집채만한 돌들이 겹겹이 쌓여
산처럼 뚝을 이룬 곳
푸른 바닷물이 출렁이고
채전이 펼쳐져 아름다운 곳
생각이 재빠른 사람들이
어느 새 알고
여기저기에 땅을 사두었다
딸 아이 하나를 둔 그녀
아침마다 병창을 하는 그 분
참으로 잘 나갔던 사람들이다
청명산 바로 앞에
그 바다가 있었지만
그 바다를 아는 이들은
오직 아는 이들뿐이다
이제 황폐함으로
푸른 물결 가운데 섬만 떠있다

설 원

하이얀 눈으로 덮여 있는
꿈의 나라
이제 세상은 흰 빛으로 물들었다
나무마다 흰꽃들이 화사하고
공기는 청정하다
그러나 나는 그 곳에 가지 않는다
내 안에 있는 따스한 설원
하이얀 나라가 있기 때문이다
거기엔 꽃사슴들이 함께 거닐고
추워 움츠리는 이들이 없다

날아다니기

나는 가끔 공중을 날아다닌다
젊었을 때엔 서울에서 진도까지
산들을 내려다 보면서 날아다녔다
순식간에 고향집에 닿는 것이다
나는 그렇게 날고 싶을 때엔 날았다
진리의 빛이 나를 비춘 후에도
나는 여전히 날아다녔다
그러나 상당 기간 날지 않았었는데
나는 다시 날아야만 했다
그 황홀한 첫사랑의 골짜기에서
보라는 듯이 날고 또 날았다
고향에서는 더욱 신나게 날았다
날으는 데도 나이가 들고 철이 드는 모양이다
나는 요즘 잠시 날개를 접고 생각에 잠겨 있다

평화

나 아무도 미워하는 이 없다
내 모든 허물 용서 받은 것처럼
나 또한 땅 위의 모든 영혼 용서한다
하늘과 땅 모든 생명들 사랑한다
저들의 행복을 위해 지금도 기도한다
나 아무에게도 짐이 되지 않으리
청명한 날의 밝은 빛이 되리라
노오픈 산 위의 맑은 공기가 되리라
소년 소녀의 꿈이 되리라
이 지상에 와 함께 사는 영혼들이여
그대들은 모두 다 나의 친구이어라
내가 사랑하는 진정한 연인이어라

내 자동차

어떤 세상인데
나는 아직도 썰매 같은 자동차를 타나
덮개도 없고
겨우 혼자만 앉을 수 있는 자리 하나
어떤 시대인데
나는 아직도 장난감 같은 자동차를 타나
엔진도 영락없이 오토바이 엔진 같고
물에 닿으면 엔진이 멈춰 버리니
이것도 차라고 타야 하나
동승이라도 할 것인지
갑자기 나타난 이 덩치 큰 서양인은 누구인가
내가 도울 사람인가
말이 없다
꼬챙이 같은 걸로 단추를 눌러야 시동이 걸리는 차
나는 언제까지 이런 자동차를 타야 하나

전갈

무릎 꿇고 눈 감으니
커다란 전갈 한 마리 옆으로 온다
몸통도 크고 눈도 크다
색깔은 야생벌통집에 빼곡이 찬
누르스름한 벌꿀이다
녀석이 왜
눈 감고 무릎 꿇은 내게 왔나
광야에서 지친 영혼들을 쏘는
독한 녀석이
왜 내 곁으로 왔나
이빨의 독을 다 빼고 왔나
아니면 나를 쏘려고 왔나
세상이 너무 수상하니
전갈도 지 집을 알지 못한다

항상 푸른 나무

넓고 푸른 바다를 그처럼 용감하게
헤엄을 잘 쳐오던 형이여
우리 모두가 부러워하던 형이여
푸른 바다만큼이나 푸르던
마음이여

어이하여 가라앉습니까
해안가에 거의 닿아서
왜 물속으로 들어갑니까
가슴이 멎은 상태로
물에서 나오십니까

내가 아무리 인공호흡을 시켜도
왜 움직이지 않습니까
말이 없습니까
설벽에서 뛰어내린 그가
왜 옆에 서있습니까

트렘펫 기차

사랑 안에서 만난 그
그가 친구를 데리고 왔다
서점 같은 나의 경배실로
친구를 데리고 왔다
친구를 보낼 때에 선물을 준다
내가 쓴 두 권짜리 책
그리고 내가 사랑했던 책
두 권을 그에게 준다
우린 그 친구를 전송했다
자갈 위로 담요가 깔리는 길
그 길 위로 트럼펫 기차가 오고
친구는 그 기차를 타고 간다
사랑 안에서 만난 그의 아내도
황금빛 반짝이는 앙징스런
트럼펫 기차를 타고 간다

사랑하는 엘리스에게

우리의 사랑은 처음부터
시작할 때부터 거기서 왔지
나라마저 넘어서 저 세계로부터
사랑의 이름으로 왔지

이 지상의 영혼들
단 한 사람도 거기에 빠져서는 안 된다는
불타는 구덩이의 염려로부터 왔지

우리는 더욱 사랑해야 돼
내 사랑 엘리스여
하지만 그런 사랑은 아니야
우린 이불 속에 있으면 안 돼

맑은 물 안에 있는 물고기들처럼
푸른숲의 나무들처럼
우리들도 늘 그렇게 있어야만 해

아튼 글로리파이

그 지하방에서
아튼 글로리파이를 앞세우고
우리 앞에는 화분이 있는 것처럼
좁고 작은 계단을 조심히 오른다

아차하면 화분이 넘어지고
화분이 넘어지면
아튼 글로리파이가 넘어진다
그러면 나도 뒤로 넘어지리라

참으로 숨막히는 길
다 올라온 후엔 더욱 위험하다
화분들의 경계를 넘어야 한다

아튼 글로리파이
네 팔목에서 그것이 제거되기까지
너와 난 그 계단을 올라야 한다

영적 전쟁

이 치열한 영적 전쟁
이미 알고 있는 적들을
이젠 보다 더 분명히 알았다
그 텃밭에서 무리들을 모아놓고
놈은 악을 교육하고 있었다
어쩌다 잡혀간 동료 둘을 구하기 위해
나는 그 곳에 갔다
총을 든 놈들은 감시가 심하다
그러나 난 하늘을 날으며
동료들을 구했다
안전한 곳에 왔을 때
우린 한숨 돌렸다
그러나 놈들이 쫓아왔다
동료 둘을 다시 빼앗겼다
놈은 총알을 맞고도
껄껄 거린다

먼 그리움

줄기는 가늘고 꽃들도 노오란
콩나물 순 같은 꽃들 만발했다

줄기는 보일락말락 하고
꽃은 하얀
반딧불 같은 꽃들 가득하다

아득한 내 유년의 날에 뛰놀던
고향 마을의 마당 하나 보이고
내 마음에 그리움 가득하다

무릎 꿇고 눈 감고 있으면
다시 봄이 오는 소리 들리고
안개꽃은 피었다 지곤 한다

또 한 세상

거기에 또 한 세상이 있었다
꿈 속에서만 만나는 한 세상
아직 한 번도 가보지 않은 곳
신기한 섬들과 바다가 있는 곳
산과 들과 물고기가 있는 곳
거기에 또 한 세상이 있었다
내가 종종 그 곳에 갔던 것은
그 세상이 내게는 좋았기 때문이다
그 곳에서는 내 모습 바로 볼 수 있고
그 곳에서는 나 부르고 싶은 노래 불렀다
그 곳에는 또 한 세상이 있었다
구름 넘고 별 넘은 저 곳에도
또 한 세상이 있으리라 믿는다

성의

영원히 지울 수 없는 우리의 추억
먼 시간 너머로 꿈이 피어오르고
지나간 날들은 그리워만 지는데
한 없이 희게 펄럭이는 옷
그대 성의여
세월이 흐른 후에야
그 달콤한 유혹이
영원을 향한 빛이었음을 아네
백일홍 봉숭아 수수대 동백나무
바람이 불 때마다
비밀스러운 이야기 하늘로 오르고
희고 빛나는 그 옷
깃발이 되어 펄럭이네

그렇게 오십니까

오늘 새벽엔 그렇게 오십니까
갑자기 빈 공간에 집을 짓자며
그런 모습으로 오십니까

우리의 새벽은 은빛 이슬의 영감
그 이슬을 터는 나비들의 꿈
하늘을 나르는 새들의 노래

오늘 새벽에는 그렇게 오십니까
눈깜짝할 사이에 시멘트 상자 만들어
이게 집이다 말하며 오십니까

우리의 새벽은 세상을 지키는 파수꾼의 눈
사망의 내음을 멀리 물리치는 향기
새로운 하루를 포옹하는 달콤한 사랑

일리쉬 조각

방글라데시 사람들이 좋아하는
은빛의 고기 일리쉬
연못도 많고 강도 많아
고단한 저들의 삶을
고기들이 위로하는 나라
등이 넓고 날렵한 일리쉬는
때론 저들의 우상이어라
이제 진리의 검을 들어
그 고기를 여러 조각으로 나누었다
어수선하고 혼효한 그 밤에
그 조각들 흰 빛으로
희끗희끗 이리저리 오고가거라

이상한 바다

푸르고 청청한 물 가득하다
내가 뛰니 물이 줄어든다

저 맑고 푸른 물이 자꾸 줄어
푸른 산들이 드러나고

산과 산 사이를 흐르는
바다 안의 시내도 나타난다

순한 고기 한 마리가
머리를 내밀고 두 눈을 꿈벅인다

돌둥지 안의 오래 새끼들이
나를 보고 날개짓을 한다

내가 뛰니 물이 줄어드는 바다
그 안에 깨끗한 세상이 있구나

USB

그 비밀이 크다
작은 체구에 세상을 담고 있다
때로는 나를 유혹하고 시험하지만
나는 넘어지지 않는다
거짓 증거하지 않으며
허망한 자들의 편에 서지 않는다
USB
이 시대의 한 이름이여
그대의 친한 친구 컴퓨터에게
나에 관하여 물어보라
나는 인간
내가 너를 만들었고
나는 너를 신뢰한다

화장실

나는 처음엔
그 화장실에 들어가기를 머뭇거렸다
새 색시를 태운 가마처럼 생긴
그 화장실은 누각 안에 있다
이리저리 조금씩 흔들렸다
그래도 급하여 자리에 앉았는데
아래로 푹 내려간다
그러나 어느 선에서 멈춘다
바로 옆의 방안에서
마음씨 좋아 보이는 주인 아저씨가
염려 말고 볼 일을 보라 한다
앞이 트였고 운동장이 있는데
청년들이 축구에 한창이다

논

발이 푹푹 빠지는
먼 옛날의 수렁배미 논
청섭 우거진 뒷산에
놀이동산이 생긴 지는 오래
이젠 그 논에도
매끈매끈한 찰 돌들이 있고
큰 찰 돌 밑에 붕어며
등이 파란 장어들도 있다
알알이 영글던 벼알들은 없고
이제 그 곳에는
사철 흐르는 시내가 있다

문

계절은 오고가고
다시 가을이 오고

사람도 오고가고
인연도 오고가고

그 사이에
문 하나 있다

큰 철문인데
갑자기 열린다

어떤 형체가 있는 듯
그러나 보이지 않는다

일 수 없는 문
사람 사이의 문

검은 히잡

폭력과 음란은 사라져라
이 지상에서 영원히 영원히
없어지거라

아, 검은 히잡의 거리
감추어진 유방들의 절규
이젠 돌처럼 굳어져
진실을 알지 못하네

폭력과 음란은 사라져라
갈라진 지상의 틈 사이로
영원히 가라앉아라

말라 딩구는 낙엽이여
그 발버둥이여
스스로 쏘는 총이여
자신을 짜르는 칼이여

하이얀 폐허 위에서

그 곳은 언덕이 아니었다만
이제 그 곳은 언덕으로 변해 있고

모든 것은 부서져
하이얀 폐허가 되었구나

작은 초가지붕도 감나무도
마당도 보이지 않고
하얗게 부서진 잔해만이
소금 더미처럼
아니 빛나는 백석의 조각들처럼
큰 언덕을 이루고 있구나

딸아, 너는 그 위에서
이제 새로운 세상을 위하여
새로운 역사를 구성하고 있구나

열쇠들

오늘, 존경하는 그 분이
내게 그 열쇠들을 주었다
내 고향마을 앞
곡물 창고들 사이 그 곳에서
아들을 통해 내게 주었다

젊은 날의 그 모습을 하고
청색의 잠바를 입고
그와 비슷한 복장을 한 그 아들을 통해
내게 그 열쇠들을 주었다

참으로 한 길을 가라는 열쇠
가장 노오픈 학의 날음을
그 비상과 흰 빛의 아름다움을
먼저 누리고 세상에 부으라는
그 열쇠들을 내게 주었다

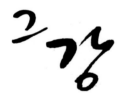

초판인쇄　2015년 5월 15일　**초판발행**　2015년 5월 20일

지은이　**이신현**
펴낸이　**이혜숙**　　펴낸곳　**신세림출판사**
등록일　**1991년 12월 24일 제2-1298호**

100-015 서울특별시 중구 충무로5가 19-9 부성B/D 702호
전화　**02-2264-1972**　　팩스　**02-2264-1973**
E-mail : **shinselim72@hanmail.net**

정가　**10,000원**

ISBN　**978-89-5800-154-6, 03810**